El zurcidor del tiempo

A LA
ORILLA
DEL VIENTO

El zurcidor del tiempo

ALICIA MOLINA

ilustrado por
ENRIQUE MARTÍNEZ

FONDO
DE CULTURA
ECONÓMICA

Primera edición,   1996
   Décima reimpresión, 2012

Molina, Alicia
    El zurcidor del tiempo / Alicia Molina; ilus. de Enrique
Martínez. — México : FCE, 1996.
    60 p. : ilus. ; 19 × 15 cm — (Colec. A la Orilla del
Viento)
    ISBN 978-968-16-4863-3

    1. Literatura infantil I. Martínez, Enrique, il. II. Ser. III. t.

LC PZ7   Dewey 808.068 M442z

Distribución mundial

© 1996, Alicia Molina, texto
© 1996, Enrique Martínez, ilustraciones

D. R. © 1996, Fondo de Cultura Económica
Carretera Picacho Ajusco 227, 14738, México, D. F.
www.fondodeculturaeconomica.com
Empresa certificada ISO 9001:2008

Editor: Daniel Goldin
Diseño: Joaquín Sierra, sobre una maqueta
    original de Juan Arroyo
Diseño de portada: Fabiano Durand
Dirección artística: Mauricio Gómez Morin

Comentarios: librosparaninos@fondodeculturaeconomica.com
Tel.: (55)5449-1871 Fax: (55)5449-1873

ISBN 978-968-16-4863-3

Impreso en México • *Printed in Mexico*

La mañana de un día difícil

❖ A LAS seis y media de la tarde Camila terminó por reconocer
que esa mañana se había levantado con el pie izquierdo. Su abuela le
había advertido: "Cuando notes que te levantaste con el pie izquierdo, más vale que comiences de nuevo".

Su mamá (que en otras cosas no hacía ningún caso a la abuela)
seguía este consejo al pie de la letra y, a veces, Camila la veía volver
del trabajo muy fastidiada, ponerse la piyama, acostarse y, cinco
minutos después, levantarse con un gran bostezo, poniendo con todo
cuidado el pie derecho sobre el piso.

Eso hubiera querido hacer Camila aquella noche, pero era
demasiado tarde. Tenía que resolver los problemas que empezó a
coleccionar desde temprano.

Esa mañana, cuando sonó el despertador, decidió que podía
esperar hasta "dentro de un ratito"; el ratito se fue haciendo largo
hasta que, por fin, se levantó, tarde y con sueño. El sueño se le quitó
cuando oyó a su mamá gritar desde la cocina:

—Son las siete y veinte, ¡en diez minutos nos vamos!

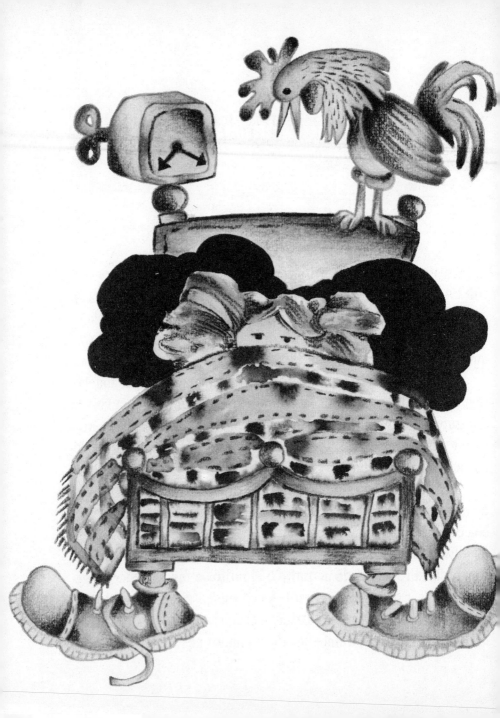

Camila pensó que en un mal día hasta lo bueno es malo: ¡A quién se le ocurre hacer pan con nata —su plato favorito— para desayunar en un día con prisa!

Se subió al coche con el pan en la mano, manchó su uniforme, y las bromas de su mamá, que siempre le aligeraban el viaje a la escuela, no le hicieron ninguna gracia.

Cuando se reunió con sus amigos en el patio de la escuela su mal humor empezó a desaparecer. Decidió simular que no estaba ahí, era una estrategia que a veces funcionaba y a veces no. Trataba de hacer las cosas como si nada, como si el malhumor no estuviera dentro de ella, sino afuera, como si perteneciera a otro y, algunas veces, había logrado dejarlo en el patio y cerrarle la puerta.

Esta vez, cuando pensó que ya lo había conseguido, ¡zas!, una mala noticia: "examen de matemáticas" ¡Cómo pudo haberlo olvidado!

La señorita Gómez, parada sobre la tarima, dijo como si fuera muy fácil: Habrá una sola pregunta: sacar la superficie de un icosaedro.

Camila no sentía miedo con frecuencia, pero reconoció enseguida la sensación de que se resbalaba dentro de un agujero negro. Entonces decidió: "Los problemas son para resolverlos y, como no recuerdo la fórmula del icosaedro, debo consultar mi cuaderno. Hasta los grandes matemáticos revisan sus notas", se dijo para tranquilizarse.

La señorita Gómez no pensaba lo mismo porque se acercó y le dijo muy seria:

—Camila, ¿no te da vergüenza copiar?

A pesar de sus argumentos Camila no pudo convencer a la señorita Gómez de que consultar no es lo mismo que copiar, así que tuvo que aceptar un cero en el examen

que se promediaría con un siete de la semana pasada, un ocho de la antepasada y otro ocho del primer examen del mes. No era muy lista para sacar promedios, pero sí lo suficiente para darse cuenta de que estaba a punto de tener un cinco en la boleta.

Eso podía significar una buena regañada, cuatro fines de semana sin salir y, lo peor de todo: nadie con una materia reprobada participaría en la obra de teatro.

La señorita Gómez era muy difícil de convencer con palabras, pero algo debió de haber visto en la cara de Camila que la hizo ceder un poquito

—Te daré el punto que te falta si me muestras mañana tus apuntes de matemáticas completos.

Camila estuvo a punto de saltar de gusto, pero se acordó de que no tenía los apuntes de matemáticas completos y es que, a veces, la voz de la maestra al dar la clase se empezaba a alejar lentamente y, de pronto, cuando ya no la oía, se le ocurrían cosas muy locas: "¿Será icosaedro amigo de tetraedro? ¿De qué hablarán cuando se encuentran?", o "se me hace que icosaedro es muy presumido porque tiene más caras que tetraedro"…

Otras veces, cuando la clase le parecía muy, muy aburrida, mejor de plano se dedicaba a planear su viaje a Timbuctú. Timbuctú es un lugar muy lejano que está en Mali, que a su vez está en África. Camila había hecho su monografía del semestre sobre Mali y lo que más le había gustado era Timbuctú. Un día iría, estaba segura...

Cuando pensaba en esas cosas, Camila olvidaba tomar apuntes. ¿Cuántas veces le había pasado en ese mes? Corrió a revisar su cuaderno. Le faltaban como seis hojas, tenía fórmulas incompletas, dibujos sin terminar y, además, tenía que borrar la historieta que inventó sobre el día en que Tetraedro asesinó a Icosaedro.

Camila pensó que, dada la situación, no tendría más remedio que pedirle prestados sus apuntes a Silvina. No era fácil porque, en realidad, Silvina no era su mejor amiga. La abuela de Camila decía que las personas que siempre quieren tener la razón, terminan por tener sólo eso. Se imaginaba a Silvina sola con su razón y le daba mucha tristeza.

Pero lo que a Camila más le chocaba de Silvina era cómo decía ciertas cosas, por ejemplo: "¡No lo puedo creer! ¿No tienes completos los apuntes? ¿Cómo puede ser eso? ¡No lo puedo creer!..."

(Si por lo menos no hubiera repetido el "no lo puedo creer"...)

Camila soportó esta humillación sólo porque sus otras amigas —que sí lo hubieran podido creer— tampoco tenían los apuntes completos.

Silvina le prestó su cuaderno después de todo

("todo" fueron quince minutos de recomendaciones), y le dijo que lo cuidara como "oro molido". Camila no estaba muy segura de que, en el caso de tener oro molido, lo pondría en su mochila, pero ahí guardó el cuaderno y no se separó de él ni a la hora del recreo.

Ya en el patio, no recordaba que aquél era un mal día. Cuando sonó la campana se le olvidó por completo porque llegó la maestra Tere que les daba clase de teatro.

Empezó el ensayo. La obra la habían inventado entre todos, pero a Camila le tocó escribirla, por eso tuvo el privilegio de escoger su papel. Había elegido ser la Luna, que era bella y sabia y le daba a la princesita perdida en el bosque una hermosa diadema de luz que la protegía de la oscuridad.

Todos se sabían su papel. Luci, su mejor amiga, haría de princesita perdida en el bosque. Sandra sería la mamá. Javier, el sapo que se convierte en príncipe. Moisés y Cristian, los heraldos del rey. Paz y José, junto con todos los demás del grupo, los aldeanos, y Silvina, muy a su pesar, la bruja malévola.

Ensayaron de corrido el primer acto y el segundo, pero cuando llegaron al tercero empezó la discusión.

Silvina no estaba de acuerdo con el final. Entonces se inició un larguísimo pleito que terminó en que ya nadie estaba de acuerdo con el final, ni con el principio ni con nada y a Camila le volvió de nuevo el malhumor del que para ese momento ya ni se acordaba.

A la hora de comer, su papá le preguntó cómo le había ido en la escuela. Ella contó todo con los más minuciosos detalles, bueno, todo menos lo del examen de matemáticas. (Eso lo platicaría cuando ya hubiera resuelto lo de los apuntes y tuviera asegurado el seis.) Los tres se concentraron en pensar un mejor final para la obra de teatro, pero no era nada fácil. La mamá de Camila dio dos buenas ideas y la niña pensó que su mamá estaba comenzando a ayudarla de veras, pero la mamá de Camila pensó que ya había terminado de ayudar y se puso a recoger rápidamente la mesa porque estaba por llegar su amiga Sonia.

¡Ésa sí era una mala noticia! Sonia era in-so-por-ta-ble y, además, absolutamente inoportuna como era evidente hoy, una vez más. Antes de que pudiera quejarse, sonó el timbre. ¡Ahí estaba!

Después de los saludos y del inevitable "¡cómo has crecido!", Camila pudo ver que detrás de las faldas de Sonia se escondía el pequeño Sonio. ¡Eso ya era demasiado! Se fue corriendo al cuarto de su mamá para hacer la diadema de luz que tenía que entregarle a Lucía para protegerla de la oscuridad. Una hora más tarde, cuando le pareció que había quedado perfecta, se decidió a enfrentar la realidad: tenía que pasar en limpio los apuntes de matemáticas. ❖

De cómo un día malo se vuelve peor

❖ ENTRÓ a su recámara dispuesta a trabajar pero, ¡oh sorpresa!, ahí estaba el pequeño Sonio. El pequeño Sonio se llamaba Roberto, pero Camila le decía así porque era igual a su mamá, sólo que peor.

—Hola, amiga —dijo con una sonrisa angelical—, me mandaron a entretenerme en tu cuar… —No alcanzó a terminar la frase porque cuando vio la cara de Camila salió corriendo a toda mecha.

El pequeño Sonio se había "entretenido" haciendo una revolución en su recámara. Había lápices y plumones regados por todas partes, fotos, broches para el pelo, sus folletos de "viaje a Timbuctú", libros de estampas… Cuando recogió el primero, se encontró al duende verde. El duende verde es un duende verde de verdad, que vive junto con sus hermanos: Amarillo, Rojo, Azul y Púrpura, en la casa de muñecas de Camila. La historia de cómo se conocieron y se hicieron amigos es muy larga y es otra historia. En esta ocasión, Verde dijo:

—El servicio meteorológico no anunció este huracán, deberías prohibirle la entrada.

Camila ni contestó. Bajó a la sala con intención de reclamar y, entonces, oyó lo increíble. Sonia decía muy oronda:

—¿Ves cómo ha cambiado Robertito? Nos dejó platicar toda la tarde, ni ruido hizo...

La mamá de Camila adivinó lo que había pasado desde que la vio llegar, le dio su bolsa a Sonia y la apresuró hacia la salida. Le entregó a Camila un papelito y le dijo, como si nada:

—Voy de compras con Sonia. Dale este recado a tu papá. Estaré de regreso para cenar pero, si te da hambre, en el horno hay pastel de manzana que nos mandó tu abuela. —Al darle un beso de despedida, susurró—: No te preocupes por los destrozos, yo te ayudo a recoger cuando regrese.

Camila se quedó en la puerta. No se podía mover de lo que le pesaba la rabia. Soltó, a todo pulmón, el grito que se le había quedado atorado y se fue a la cocina a servirse un pedazo bien grande de pastel de manzana de la abuela.

Guardó en su bolsillo una rebanada, envuelta en una servilleta, para compartirla con los duendes que viven en su casa de muñecas y, como ya se sentía de mejor humor, se dispuso, ahora sí, a copiar sus apuntes de matemáticas. No sospechaba que todavía le faltaba ver la peor sorpresa del día. Allí tirados, en un desorden espantoso, estaban sus cuadernos, llenos de rayones, que eran la firma inconfundible del pequeño Sonio. Ella creyó que ésa era la peor sorpresa, pero aún le faltaba lo peor de lo peor:

Asomando la puntita debajo de la cama estaba el cuaderno de Silvina con tres hojas rotas y arrugadas, lleno de rayones amarillos y rojos, y con la pasta desprendida.

Eran las seis y media de la tarde y Camila se dio cuenta de que de veras ese día se había levantado con el pie izquierdo. Se imaginó a Silvina diciendo: "No lo puedo creer" y sintió cómo una ola de calor le subía desde los dedos de los pies hasta la raíz de los cabellos, se puso roja, como podría constatar el duende verde, y empezó a llorar.

Camila no había visto al duende verde que, sentado en el

bolsillo de su blusa, intentaba secarse el aluvión de lágrimas que lo había empapado.

—¡Cálmate o me vas a ahogar! No es para tanto.

A Camila le gustaba que sus desgracias se tomaran en serio, así que se sintió muy ofendida por el comentario del duende.

—¿No es para tanto? Y ahora, ¿qué voy a hacer?, ¡esto no tiene arreglo!

Mientras Camila seguía llorando como huérfana de telenovela, el duende verde se paseaba por el cuaderno haciendo un inventario del desastre y asignando tareas a sus hermanos: el duende rojo y el amarillo podrían borrar los rayones con el mismo sistema infalible que utilizaban para borrar su propio rastro; el duende azul, que era un gran patinador, se encargaría de alisar las hojas, le llevaría algunas horas pero estaba seguro de que podría patinar sobre las marcas hasta dejarlas imperceptibles, que es casi como decir invisibles. El duende verde, experto calígrafo, copiaría personalmente los apuntes. Todo parecía resuelto, sólo faltaba un detalle: había que coser las hojas rotas.

—Eso —dijo Verde—, es un trabajo para el duende púrpura, el gran zurcidor.

Camila estaba maravillada. Ignoraba que no estaba saliendo de los problemas sino apenas entrando en ellos.

Los duendes se pusieron a trabajar y Camila fue a buscar a Púrpura en la casita de muñecas que le regaló su mamá, que la recibió de la abuela, que la heredó de la bisabuela.

Lo vio enseguida, sentado en la mecedora. Pero se equivocó si pensó que lo había encontrado. El duende estaba ahí, aunque en realidad no estaba, o más bien no estaba aunque estaba. Es un poco difícil de explicar: el duende estaba IDO.

Camila lo podía ver meciéndose tranquilamente, pero no contestaba, porque ahí sólo estaba su cuerpo, el verdadero duende estaba en otro lado. Se había ido.

Verde la sacó de su estupor:

—Si queremos que zurza el cuaderno, y eso es in-dis-pen-sa-ble, tendrás que ir por él.

—Pero, ¿a dónde van los que están idos?

—Cuando alguien no está aquí, es que debe andar perdido. Tienes que seguir sus huellas y luego...

Camila se fijó con mucho detenimiento en la alfombra y en todo lo que rodeaba a Púrpura, como había visto que hacían los detectives en la tele, pero no vio nada que pudiera ser una huella.

Verde le aclaró con ese tono paciente que tanto impacientaba a Camila:

—No puede haber dejado huellas en la alfombra porque su cuerpo ahí está, ¿no lo ves?

—Entonces, ¿qué tengo que buscar?

—Cuando lo encuentres lo sabrás —le dijo Verde por toda respuesta y se puso a trabajar en el cuaderno.

Cuando Camila no sabía qué hacer cavilaba y, cuando cavilaba, caminaba. Empezó a dar vueltas por la casa y, casi sin querer, llegó a la sala; como sin pensarlo, se sentó en la mecedora y se quedó mirando el gran reloj de péndulo de su abuelo. *Tic-tac, tic-tac.* Era un sonido mágico que servía para todo. Para calmarse cuando estaba enojada, para esperar cuando estaba impaciente, para dormir cuando estaba cansada. Ahora le sirvió para pensar en Púrpura. Púrpura estaba en la sala de la casa de muñecas, sentado en una mecedora azul, como Camila y, también como Camila, miraba fijamente el gran

reloj de péndulo: *tic-tac, tic-tac.* ¿Qué miraría Púrpura en el fondo del fondo del reloj? ¡De pronto, lo vio! Era apenas un brillo diferente. Fijándose bien, en el reflejo del reflejo, distinguió claramente la mirada brillante del duende púrpura. En el momento preciso en que vio su mirada se quedó atrapada en ella. Empezó a sentir que se iba lentamente, suavemente; en ese instante Camila sintió una mezcla de inquietud, curiosidad y miedo. El miedo le impedía moverse y la curiosidad la arrastraba hacia el fondo del reloj. Se empezó a quedar ida y nadie, ni siquiera ella misma, lo hubiera podido impedir. ❖

En busca de Púrpura

❖ MIENTRAS una parte de Camila se mecía IDA, la otra parte, la verdadera Camila, estaba en medio del campo buscando a Púrpura.

Era un prado precioso. Al fondo se veía una granja hacia la que la niña se dirigió de inmediato. Se fue siguiendo la veredita y, mientras caminaba, sintió como si se acabara de meter en la pintura que estaba sobre la chimenea de su casa.

Cuando llegó a la granja comenzó a buscar al duende. Lo primero que encontró, afortunadamente con el pie, fue una piedra que no era piedra sino caca de vaca. Se concentró en limpiar su tenis contra el pasto y, de pronto, vio a una niña, como de once años, con una cara muy simpática. La niña no traía pantalones ni tenis, como ella, sino un vestido de holanes muy incómodo, sobre todo para buscar una llave perdida, que es lo que estaba haciendo.

La niñita le explicó a Camila que tenía un problema muy grave y urgente y que por eso no tenía tiempo de preguntarle quién era, de dónde venía y por qué usaba ropa de niño. Los problemas importantes y urgentes eran la especialidad de Camila, así que se ofreció a ayudar.

—Necesito encontrar una llave que perdí.

—¿De dónde es la llave?

—De un baúl viejo —dijo la niñita sin dejar de gatear, expurgando las plantas del jardín.

—¿Y qué hay en ese baúl que te interesa tanto?

—La receta para curar el malhumor de mi abuelo.

—Y el baúl está cerrado con llave...

—De eso no estoy muy segura, nunca lo he abierto.

—Pues deberíamos intentarlo —sugirió Camila.

Las dos nuevas amigas subieron corriendo al desván. El baúl, efectivamente, estaba cerrado, pero parecía bastante fácil abrirlo con un desarmador. Lo abrieron en un dos por tres.

Estaba lleno de sombreros y de mapas de ciudades antiguas que a Camila le fascinaron, pero la niña siguió buscando hasta que encontró un hermoso cuaderno con las tapas forradas de tela. Ahí alguien, con mucho cuidado y una hermosa caligrafía, había bordado el título:

Recetas para todo

En el desván no había mucha luz y eso hacía difícil entender la letra menuda y garigoleada escrita en el cuaderno, así que Camila y su nueva amiga bajaron a la recámara y ahí se sentaron a leer.

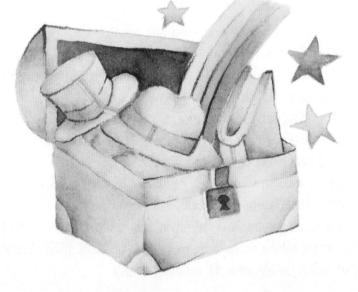

Había recetas fantásticas: "Para oler a flores silvestres", "Para quitarle el barro a los zapatos del caminante", "Para quitar manchas de zarzamoras frescas", "Para los zapatos que aprietan", "Para verse alegre y sonrosada", "Para aliviarse a tiempo", "Para que aparezca lo perdido", "Para no ir a la escuela en martes". Ésta le interesó especialmente a Camila pero no pudo leerla porque su amiga pasaba las hojas rapidísimo buscando una receta para resolver su problema.

Camila se puso a revisar el cuarto de su nueva amiga, al principio con discreción de invitada, pero luego empezó a curiosear y a revolver con franco entusiasmo.

—No estés esculcando —dijo la niña.

A Camila le encantaba cómo hablaba su nueva amiga. Había algo en ella que le parecía muy familiar, como si hubiera jugado con ella toda la vida. En eso pensaba, cuando descubrió algo verdaderamente sorprendente: en un rincón del cuarto estaba su casa de muñecas. Sí, ¡era la casa de muñecas de Camila, la que había sido de su abuela y después de su mamá!

En ese momento, la niña dijo "vamos a hacer algo divertido". Lo dijo de una manera particular, como cantando, y Camila la reconoció. Realmente había jugado con esa niña toda la vida: ¡era su mamá!

—Siempre quise saber cómo eras —le dijo conmovida. La niña se sintió muy importante, pero no entendió nada de lo que, en realidad, estaba pasando. ¡Cómo explicarle que lo que para ella era hoy, para Camila era ayer!

Camila decidió que era mejor no dar explicaciones y se acercó a la ventana.

—¿Quién es ese niño que está en el jardín?

—Ah, ¿el güero pelos de elote?

—No, el alto, guapo, con los ojos chiquitos, la nariz respingada y el lunar en la oreja.

—Ah, sí, claro, es el güero pelos de elote, mi vecino. Si trae un botecito en la mano y está mirando al piso, debe estar buscando hormigas para su coleción de insectos.

—No, está mirando para arriba y trae una red.

—Entonces debe estar buscando mariposas, que también son insectos. ¡Es latosísimo!

—Es guapísimo —dijo Camila y, de pronto, se le ocurrió que, quizá, no sería tan mala idea quedarse un tiempecito en el reino de Ayer.

Pero cuando recordó que estaba en Ayer, se acordó de Hoy, del cuaderno de Silvina y de Púrpura y corrió a buscar en la casita de muñecas

—¿Qué haces?

—Busco a un duende púrpura

—Púrpura no he visto ninguno, pero por ahí debe andar un duende verde muy simpático. ¡Me encanta! Mañana lo quiero llevar a la escuela para que lo vean mis amigas

Camila pensó en lo que le esperaba al duende verde y le advirtió a su nueva amiga:

—Cuídalo mucho, no se te vaya a perder —aunque sabía que su advertencia no serviría de nada.

Camila siguió buscando pero no encontró ni rastro de Púrpura. Definitivamente, no estaba en Ayer.

En eso llegaron la mamá y la abuela de la niña, que, en realidad, eran la abuela y la bisabuela de Camila.

A la abuela de Camila le encantó esta amiguita nueva de su hija. Camila se lo notó en la ternura con la que acarició su cabeza cuando dijo: "¿quién es esta muchachita tan simpática disfrazada de hombrecito?"

Camila ya iba a responder que ése no era un disfraz sino sus mejores pants, los que ella misma, su abuela, le había regalado el día de su cumpleaños, pero se acordó que estaba en Ayer y que, en ese tiempo, sólo los hombres llevaban los pantalones en la casa

La niña respondió antes:

—Es una amiga nueva, ¿la puedo invitar a comer?

La abuela de la niña, la bisabuela de Camila, dijo muy seria:

Creo que ella debería ir a pedir permiso a su mamá.

Ahora sí Camila se rió con ganas, mientras contestaba dirigiéndose a la niña:

—Si tú me invitas, para mi mamá está perfecto.

Cuando se quedaron solas otra vez, Camila recordó el problema que su amiga ya había olvidado.

—¿Encontraste la receta?

—No. El abuelo seguirá malhumorado

—¿Buscas una receta para quitarle lo malhumorado al abuelo?

—Exacto. Busco una receta de pastel de manzana que quita el malhumor. La abuela se está volviendo distraída con la edad y la olvidó. Cada tarde hornea un pastel cambiando los ingredientes para ver si ahora sí le sale, pero no. Y cada vez que no, la abuela se pone más triste y el abuelo más malhumorado... No sé qué vamos a hacer...

—Si me dejas sola un ratito estoy segura de que encontraré la receta —dijo muy misteriosa.

Cuando la niña salió del cuarto, Camila buscó al duende verde y le dictó completa la receta del pastel de manzana que se sabía de memoria. Verde, el gran calígrafo, la escribió con letra menudita y garigoleada en la última página del libro de "recetas para todo."

La niña regresó y Camila la dejó que buscara en el cuaderno sólo para tener el placer de ver cómo la encontraba .

Para orientarla, le dijo: "A veces la solución está al final".

—Cómo se me pudo pasar la última página, ¡aquí está!

La niña bajó corriendo a darle la buena noticia a toda la familia y Camila aprovechó para salir de la casa. Iba mirando al piso con mucho cuidado para no pisar piedras que no fueran piedras y así fue cómo se desvió de la veredita y fue a dar al granero viejo. En ese granero no había granos de ninguna especie sino un anciano que silbaba mientras trabajaba. Estaba tallando con mucho cuidado unos triangulitos todos iguales. Aceptó la llegada de Camila con una sonrisa y sin ninguna pregunta. Cuando se dió cuenta de que ella lo miraba hacer con mucho interés, le pasó una lija y un triángulo. Camila se puso a trabajar y, pronto, estaban silbando la misma melodía. Cuando el anciano consideró que había terminado, puso los triángulos sobre la mesa. Camila los contó, eran veinte. El viejo los fue uniendo. Lo hacía con gran destreza.

—¿Qué es? —preguntó, por fin, Camila

—Es un palomar.

—Pues parece una pelota de triángulos.

—Me gusta hacer cosas raras —dijo el abuelo y le guiñó un ojo—. Quiero ver qué hacen las palomas cuando vean un icosaedro.

—Así que un icosaedro no son más que veinte triángulos.

Camila no salía de la sorpresa. A lo lejos, se oía la voz de la abuela que llamaba con insistencia al anciano:

—Hemos encontrado la receta, ven a probarla, se acabó el malhumor.

Camila no supo si el abuelo la oyó o no pero de pronto se puso de pie y, mirando el reloj de péndulo que estaba arrumbado en el fondo del granero, dijo: "Es hora", y empezó a caminar rumbo a la casa sin despedirse.

A Camila realmente le había encantado el abuelo que, según sus cálculos, debía ser realmente su bisabuelo. Se acercó al reloj, el viejo reloj de siempre, y se dejó ir con el movimiento del péndulo. Esta vez no sintió miedo, tampoco curiosidad, sintió que se iba porque no podía oponerse. En ese momento comprendió una frase que había leído en algún lado: "lo que ha de suceder tiene gran fuerza". ❖

Un brinco hacia adelante

❖ CUANDO terminó el movimiento del péndulo, Camila abrió los ojos y dio un brinco hacia adelante. Estaba en un jardín que le recordó al de su abuela, aunque un poco más chico y rodeado de grandes edificios. Ésta parecía ser la única casa en esa colonia. Tenía un árbol aún más grande que el pino de su abuela. Le dieron ganas de treparse y, se había ya subido a la primera rama, cuando oyó dos voces que gritaron al mismo tiempo:

—No te subas ahí, niña tonta, es un árbol de verdad y lo puedes lastimar.

—Tontos ustedes, todos los árboles son de verdad y no lo estoy lastimando, sólo me estoy trepando en él.

Eran dos niños de siete años que, al principio, le recordaron al pequeño Sonio, pero luego, de repente, se reconoció en ellos; en uno vio sus pecas y sus ojos redondos, en el otro sus orejas y sus dientes grandes, aunque los dos tenían una nariz respingada muy curiosa que quién sabe de dónde podría haber salido.

Los niños seguían reclamándole que se bajara del árbol, pero

Camila no los oía, estaba "atónita" que es como decir sorprendida, pero mucho más. Y es que se dio cuenta de dos cosas sorprendentes al mismo tiempo: estaba en Mañana y esos dos chavitos debían ser sus hijos, los que un día iba a tener. Sintió una enorme curiosidad.

Los niños estaban enojados. Uno de ellos le dijo muy serio:

—Si no te bajas de ahí, mi mamá te va a romper el pescuezo. Se pasa la vida cuidándolo.

Camila se bajó, dispuesta a hacer la paces con sus hijos.

—¿Cómo se llaman?

—Yo, Ulises

—Yo, Teseo

—¿Quién les puso así? Son unos nombres muy… raros.

Ulises repondió ofendido:

—Así nos puso mi mamá y si te parecen raros es porque eres una tonta.

Camila pensó que eran unos niños muy mal educados.

Los niños se alejaron pero Camila los oyó conversar:

—¿De qué planeta vendrá?— preguntaba Teseo muy intrigado

Ulises respondió con cierta autosuficiencia:

—Sabes bien, que en los otros planetas no hay vida evolucionada.

—Es que no se ve muy evolucionada que digamos, podría ser de Plutón.

Ahora sí la que estaba ofendida era Camila, y a un grado tal que le dieron ganas de regresarse a Hoy, sólo que no había encontrado a Púrpura.

Empezó a dar machincuepas y a hacer ruedas de carro, un recurso infalible para que los niños se acercaran, por lo menos en Hoy. En Mañana también funcionó. "¿Cómo le haces?" Camila les enseñó la técnica y los trucos así que los tres empezaron a retozar. Con cada machincuepa se limaban tres asperezas, así que cuando llegaron a la puerta de la casa ya eran amigos. En eso se oyó una voz desde dentro: "En diez minutos empezará la clase de matemáticas. Preparen su material."

Cuando entraron a la casa Camila notó que todo estaba hecho de materiales desconocidos, entonces preguntó:

—¿De qué tela es su ropa, es como plástico, ¿no?

Teseo le contestó con otra pregunta:

—¿Qué es el plástico?

Ulises, que parecía estar siempre dándole lecciones a su hermano, se apresuró a recordarle:

—¿No te acuerdas?, es aquel material que vimos en la excursión al basurero. Ése que no es biodegradable.

—¿Fueron a un basurero de excursión?

—Sí, claro, es un museo. Fuimos a estudiar las culturas del desperdicio —contestó, como siempre, Ulises .

—Nuestra ropa está hecha con papel de mar —explicó Teseo.

—¿Es de papel?, ¿de veras? No parece —dijo Camila tocándola.

Los niños no le hacían mucho caso porque estaban sacando del cajón todos sus útiles. Se sentaron muy atentos frente a una gran

pantalla
de televisión como esperando una señal. Camila, que no
la estaba esperando, se sorprendió cuando apareció en
la tele un maestro muy amable que empezó a explicar quién sabe
qué cosa de los prismas. Los niños seguían sus instrucciones, pero lo
más sorprendente es que le preguntaban sus dudas y él les contestaba como si estuviera ahí. Camila se puso a curiosear el estudio.
Había muchos libros hermosos, de ésos que te jalan a un rincón para
empezar a leer, pero en eso terminó la lección, el maestro se
despidió y les recordó a los niños que el domingo debían asistir
puntualmente a la escuela.

—¿Van a la escuela en domingo? —preguntó Camila entre sorprendida y escandalizada.

—Claro —contestó Ulises—. Es el día en que trabajamos con otros niños.

—El domingo es el mejor día de la semana: día de ir a la escuela.

A Camila le costaba un poco de trabajo entender tanta emoción en Teseo.

Los niños tenían veinte minutos de recreo antes de que empezara la lección de gramática, pero dejaron la tele encendida pues estaba a punto de empezar el concurso nacional de geografía y no se lo querían perder.

Aprovecharon el tiempo que les quedó libre para ir a darles de comer a los duendes. Su mamá, esto es, Camila grande, había salido de compras y se los había encargado. La casita de muñecas estaba junto a la ventana y la pared decorada con muchas cosas que Camila reconoció: sus muñecas, su colección de flores secas, el tocado de luna, el libro de recetas para todo y otras muchas cosas que, todavía, no tenían ningún significado para ella. En medio de todo eso había un diploma que decía "Premio para el grupo de la maestra Tere por la mejor obra de teatro." Camila estaba encantada, eso quería decir que iban a ganar el concurso interescolar. Lo iba a descolgar para verlo mejor cuando Ulises le gritó:

—Oye, niña, deja eso, son los recuerdos de mi mamá.

Estuvo a punto de responderle que no eran recuerdos, que eran

sus cosas, pero se dio cuenta de que iba a ser una discusión inútil: los dos tenían razón.

Les ayudó a buscar a los duendes para darles de comer. Ulises y Teseo estaban sorprendidos de que la niña supiera tan bien las cosas que les gusta comer a los duendes. Cuando apareció el duende verde, la miró con sus ojitos amarillos y la reconoció, le guiñó un ojo y le dijo:

—Si buscas a Púrpura, pierdes tu tiempo porque está ido.

Camila se sintió desilusionada. Tuvo la sensación de que se le hacía un hueco en el estómago, mas no le dio tiempo de entender qué sentía porque los niños la llamaban a gritos:

—Córrele, ya va a empezar.

Lo que iba a empezar era el dichoso concurso de geografía. Los niños estaba entusiasmadísimos. El que identificara la ciudad de la que iban a hablar, tendría derecho a ir con toda su familia a pasar las vacaciones de verano en ese país sorpresa. En cuanto dijeron que esta ciudad estaba en Mali, que era el lugar donde se reúnen el camello y la canoa y que ahí viven los tuaregs, Camila gritó TIMBUCTÚ. El locutor de la tele anunció que los niños de la clave F50 habían ganado el premio. Ulises y Teseo saltaban de gusto pues los niños de la clave F50 eran ellos. Los tres se abrazaron muy contentos y así, abrazados, oyeron que lo único que tenían que hacer para recibir sus boletos era mandar por la computadora la firma de su mamá o de su papá aceptando ir a pasar las vacaciones en Timbuctú. Pero ahí estaba el problema, había que responder inmediatamente y ni el papá ni la mamá de los niños regresarían a tiempo. ¡Qué cara de desilusión pusieron! A los dos les gustaría ir a Timbuctú, pero a la que estaban seguros que le encantaría ir era a su mamá. "Lo ha deseado desde niña", se lamentó Teseo. Para conferenciar apagaron la tele, porque los podían oír y, entonces, Teseo propuso que falsificaran la firma. Ulises dijo que no con gran dignidad, pero luego pensó que realmente no sería una falsificación porque estaban segurísimos de que su mamá firmaría con gusto; era una "anti-cipación." Resuelto ese problema quedaba otro, ¿cómo hacer esa anticipación si la firma de su mamá era inimitable?

—Yo ya lo he intentado y es imposible —dijo Ulises. Camila lo miró con suspicacia, como diciendo "¿No que tan santito?" Ulises entendió pero hizo como que no.

—Casi todas las firmas se pueden imitar... Bueno, si lo hace-mos con cuidado —dijo Camila

—La de mi mamá no —dijo Teseo con pesimismo—, es como un gato.

Camila tomó un cuaderno y un lápiz; luego dijo con mucha inocencia.

—¿Un gatito? ¿como éste? —y dibujó, exacta, la firma de la mamá de los niños.

—¡Es idéntica! —se sorprendió Ulises—. ¿Tú crees que pase la prueba?

Los tres decidieron intentarlo. Camila firmó el permiso y metieron la hoja por una ranura que había en la tele. La encendieron justo a tiempo para oír: "Los niños de la clave F50 han enviado el permiso firmado. ¡Muchas felicidades! Se han hecho acreedores a unas vacaciones de un mes, todo pagado, en Timbuctú." Camila se regocijó pensando en la gran sorpresa que se había preparado a sí misma para cuando regresara a casa.

Le cayeron muy bien los niños cuando se dio cuenta de cuánto querían a su mamá, que iba a ser ella.

Ulises propuso.

—Vamos a recibirla disfrazados de timbuctúes. Buscó en la enciclopedia una ilustración de cómo se visten los tuaregs y la metió en su computadora, a la que dio muchas instrucciones.

Teseo insistió.

—El mío lo quiero verde con estrellitas azules.

Ulises no estaba de acuerdo. Los timbuctúes se visten de azul y la tela es lisa. Teseo no discutió con él, pero cuando su hermano fue a poner la tela o, más bien, el papel de mar en la impresora, tecleó quién sabe qué en la computadora. Inmediatamente empezó a funcionar la impresora y salieron de ahí dos perfectos trajes de timbuctúes, verdes con estrellitas azules. Ulises ya iba a reclamar, pero parece que sí le gustaron las estrellitas de Teseo y se vistieron a toda prisa.

Camila estaba "turulata", es decir, perpleja. Le hubiera gustado hacerse ella también un traje, pero en ese momento volvió a sentir un hueco en el estómago, como de miedo, y se acordó de que Púrpura no estaba ahí. Reconoció que le daba miedo porque si no estaba en Mañana eso podía ser un signo de que no lo iba a encontrar nunca.

A Camila le urgía hablar con Verde. Fue a buscarlo a la casita de muñecas pero no lo encontró. Entonces, sin despedirse de los niños y aprovechando que iba a empezar la clase de gramática, se fue a la sala y se concentró en el tictac del reloj. Pensó en ese oscuro miedo que sentía. Púrpura seguía ido en Mañana y Mañana era

dentro de muchos años. Eso quería decir que era
inútil seguirlo buscando. Miró al fondo del reloj,
en el reflejo del reflejo y lo vio. Ahí estaba
Púrpura, ido, sentado en su mecedora.
A Camila le dio una tristeza tan
grande que se le llenaron los
ojos de lágrimas. La única

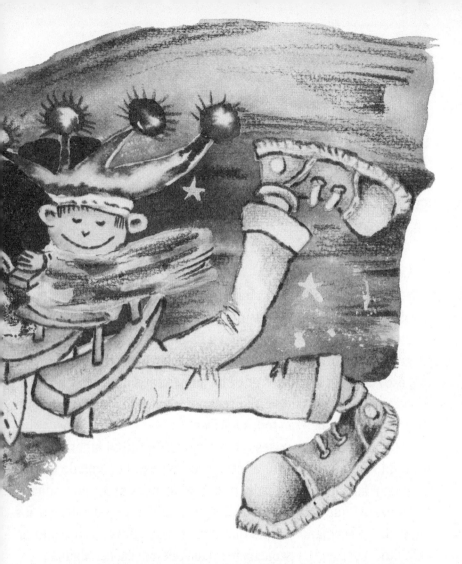

manera de que Mañana no fuera así, era lograr que Púrpura volviera con ella a Hoy. Para cambiar el mañana hay que trabajar en hoy. Lo miró a los ojos y se meció con él, a su mismo ritmo, y con él empezó a viajar… Sintió miedo y quiso abrir los ojos pero no pudo. ❖

¿Dónde estoy?

❖ Cuando Camila abrió los ojos estaba en el jardín de su casa. Estaba con un muchacho como de catorce años, era un güero pelos de elote, igualito a su papá; tanbién había una niña, como de siete, alegre y simpática que se llamaba como su mamá. Supo enseguida que ésos eran los hermanos que ella hubiera podido tener y no tuvo. Seguramente ellos también la reconocieron porque empezaron a jugar como si lo hicieran todos los días.

Jugaron a lanzar pases con un balón de futbol americano Al principio fue muy divertido, pero pronto se dio cuenta de que su hermano lanzaba demasiado fuerte y su hermanita no cachaba ninguna, así que ella tenía que correr muchísimo para atrapar las bolas de su hermano y tenía que lanzar muy suave, casi como de "globito", para que su pequeña hermana pudiera cachar alguna .

Luego, el hermano recordó que tenía que hacer la tarea y la niñita dijo que quería un jugo. El hermano le dio órdenes:

—Camila, dale un jugo a la niña, ¿no la estás oyendo? Ah, y de paso me subes uno a mí al estudio.

—Oye, ¿qué te crees?

—Me creo tu hermano mayor —le respondió, como si eso lo explicara todo y se fue

Luego Camila quiso conocer cómo hubiera podido ser su cuarto y subió. Aquí compartía su recámara con la chiquita. ¡Qué horror! Era como vivir con el pequeño Sonio. Eso no le gustó nada. Fue hacia la casa de muñecas y buscó a Púrpura, primero con calma y luego con desesperación. No estaba ahí. Ya a punto de desalentarse, pensó que Púrpura debía de estar ahí en este lugar extraño, en HUBIERA, donde sucedía y estaba lo que no era pero hubiera podido ser. No había otro lugar. Si no estaba en la casita podía estar en el jardín, o en la calle, así que, decidida y con aplomo, salió a buscarlo.

Poco a poco, Camila descubrió que Hubiera era un reino muy diferente a los demás. Ahí las cosas eran como eran hasta que alguien pasaba por ahí y se las imaginaba diferentes. Por ejemplo, el árbol. Era un pino, el de siempre, hasta que acertó a pasar un señor gordo y se imaginó que en lugar de hojas le crecían billetes. El gordo estaba encantado viendo la transformación que a Camila le pareció horrorosa. Esperó a que terminara de recoger sus billetes en una carretilla que apareció porque a él se le ocurrió y, cuando lo vio irse muy ufano, lo convirtió otra vez en un pino.

Pasó un rato divertidísimo descubriendo las cosas locas que la gente imagina. Vio a la tía que en lugar de piernas tenía ruedas y parecía bicicleta, coches que en medio del tránsito se convertían en helicópteros, vio también cómo los niños se hacían grandes y los

viejitos se hacían niños, se topó con empresarios convertidos en cirqueros y, claro, con cirqueros convertidos en banqueros.

Ya empezaba a aburrirse de tanta tontería cuando, de pronto, descubrió a Púrpura. El corazón le dio un vuelco de la sorpresa. Fue una alegría gigantesca, sólo comparable al peso que se le quitó de encima.

Lo llamó a gritos y Púrpura no contestó, aunque esta vez no parecía estar ido. Camila lo observó mejor y descubrió su flamante corona. Entonces, con mucha solemnidad lo llamó "Su majestad". El duende se volvió y la reconoció.

—¿Qué haces aquí, Camila? ¿Tú también quieres ser reina?

—No. Estábamos preocupados por ti así que he venido a buscarte.

—¿A buscarme? ¿Para qué, digo, si se puede saber?

—Para que regreses a Hoy, te extrañamos, ¿sabes?

—Pero aquí yo no extraño a nadie. Aquí yo mando, soy un rey.

—Y ¿quiénes son tus súbditos?

—Ah, ése es un pequeño problema. Aquí casi todos quieren ser reyes.

Camila no entendía que se pudiera ser rey si no se reinaba sobre nada, pero Púrpura parecía encantado de la vida.

—No me resulta tan interesante Hubiera. Está bien para un ratito. Pero, de veras, no puedo comprender por qué te has quedado tanto tiempo. Todos allá estamos esperando con ansias que regreses.

—Pues más vale que me esperen sentados.

—¿No quieres volver?, ¡no puede ser! He hecho de todo para encontrarte. No nos gusta verte ido y además… —Y aquí Camila le contó la triste historia del cuaderno de Silvina.

—Cualquiera puede coser ese cuaderno, es facilísimo, sólo necesitas conseguir el hilo adecuado y lo puedes, encontrar en el tercer cajón de mi cómoda.

—Pero yo no sé...

—Es facilísimo. Lo único que tiene que saber un buen zurcidor son tres cosas:

Uno. Que por grande que sea el problema, es posible remendarlo.

Dos. Que zurcir es una tarea celosa. Eso quiere decir que no puedes hacerlo pensando en otra cosa, porque entonces todo sale mal.

Y tres. Que por cada metro de hilo que pienses usar, debes preparar la misma cantidad de calma y afecto. Si no le tienes cariño a la cosa que remiendas, el remiendo no durará nada, y si no le pones suficiente calma, te puede llevar ocho veces más tiempo. Eso es todo lo que tienes que saber.

A Camila le pareció que lo que acababa de oír era un consejo de experto y prometió aplicarlo alguna vez. Pero lo que ella quería saber realmente era por qué Púrpura no quería volver.

—Aquí no hay problemas —dijo Púrpura y, para demostrarle a Camila lo que quería decir, hizo aparecer nada menos que a Silvina que, muy amable, le dijo a Camila:

—¿Cuál cuaderno? Ya no me interesa la escuela. He decidido dedicarme a domar leones, es mucho más divertido. —Y se fue por ahí, seguida de cuatro leones que parecían dóciles gatitos.

—¿Qué caso tiene ser rey de ninguna parte o domar leones que parecen gatos? —insistió Camila.

—En Hubiera te puedes ver exactamente como quisieras ser —le explicó Púrpura y la llevó frente a un gran espejo.

Camila se miró y, sobre el espejo, su imagen se fue transformando a voluntad: sin pecas, con las pestañas largas... más largas, con las orejas chiquitas, con la nariz de Lucy, con los ojos de Paz, más parecida a su papá, más parecida a su abuela, con los ojos azules, verdes... violeta. Con pelo naranja, rubio, negro azabache, con el cuello más largo. No, más corto; no, no tanto. Más cachetona, menos cachetona, con la nariz respingada, chata, larga, con la barba partida, con un hoyuelo en la mejilla no, con dos... pero no así, uno

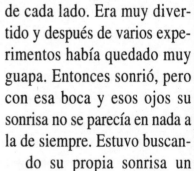

de cada lado. Era muy divertido y después de varios experimentos había quedado muy guapa. Entonces sonrió, pero con esa boca y esos ojos su sonrisa no se parecía en nada a la de siempre. Estuvo buscando su propia sonrisa un buen rato. Para reencontrarla tuvo que volver a poner cara de Camila.

—Es divertido —reconoció la niña—, pero no me quedaría aquí toda la vida por este espejito mágico.

—Yo estoy bien así. Al principio esto parece raro, pero después le agarras el gusto —explicó Púrpura.

Camila le mostró su aguja de gran zurcidor, para animarlo a volver a Hoy, pero él la contempló con muy poca curiosidad, casi con indiferencia.

Camila se dio cuenta de que no podría regresar a Púrpura al reino de Hoy arrastrándolo contra su voluntad. Debía haber una palabra mágica que sirviera para hacer que Púrpura deseara regresar. Empezó a repasar todas las que sabía: *takilitaki* lo hizo volar; *caraván carambola* lo convirtió en rana; *trufa catrufa* lo hizo chiquito como pulgarcito y *cric croc* lo hizo crecer casi tan alto como el pino. Con *serendipity* se le inflaron los cachetes y con *columbina cataplum* se convirtió en un príncipe azul, pero ninguna servía para hacer que deseara volver a Hoy. Camila se desesperó, sólo que eso tampoco servía. Lo chantajeó diciéndole lo que pasaría si no la ayudaba a arreglar el cuaderno de Silvina, pero no lo conmovió y solamente consiguió que le repitiera las instrucciones para un buen zurcido.

Camila estaba más que desesperada, había empezado a perder, de veras, la esperanza. Recordó al duende púrpura tal y como lo había visto en Mañana y sintió que estaría así, meciéndose IDO, para siempre. Le dio una tristeza profunda y seca, sin lágrimas. Lo miró a los ojos, a esa parte de los ojos, en el mero centro, que

está conectada con el mero centro de cada quién y le dijo simple-
mente:

—PÚRPURA, VEN... TE NECESITO

Entonces sucedió algo maravilloso, algo que los uniría
profundamente y para siempre. Púrpura se quitó la corona, dejó su
cetro y su capa, le dio una mano a Camila y con la otra apretó, con
fuerza, su aguja de zurcidor.

Camila comprendió que las palabras mágicas son siempre las
más sencillas, las que salen directo del corazón sin pasar por la
cabeza. En lo que le pareció un parpadeo, ya estaban los dos de
vuelta en el reino de Hoy. ❖

De regreso a Hoy

❖ EL RECIBIMIENTO en Hoy fue un abrazo grande, dulce y apretado como una nuez garapiñada. El abrazo fue silencioso, pero cuando por fin se soltaron, todos se pusieron parlanchines. Verde, Azul, Rojo y Amarillo mostraron orgullosos todo el trabajo que habían hecho en el cuaderno de Silvina.

Era increíble: Azul debió haber patinado por horas pues todas las hojas habían quedado lisas, sin una arruguita. Rojo y Amarillo le hicieron una demostración a Camila de cómo habían borrado todos los rayones de Sonio con el mismo sistema con el que borraban su propio rastro. Se sentaban sobre la línea: Amarillo sobre la amarilla y Rojo sobre la roja; se iban moviendo como culebritas de sentón cuidando de no salirse de la raya. Verde, por su parte, había hecho un gran trabajo de caligrafía con los apuntes que había que copiar, tanto que Camila temió que la maestra no creería que esa preciosa letra era suya, pero Verde tuvo buen cuidado de hacer unos cuantos manchones y dos o tres faltas de ortografía.

Luego, mientras cenaban pastel de manzana de la abuela, que

junto con el Knut era el platillo favorito de los duendes, Púrpura les contó sus aventuras en Hubiera. Había algo fascinante en lo que decía y en cómo lo contaba. Los duendes y Camila se miraron mientras oían a su hermano recién recuperado y, en silencio, hicieron un pacto secreto, prometieron hacer Hoy, cada día, tan acogedor y divertido que Púrpura no tuviera nunca más la tentación de quedarse a vivir en Hubiera.

Después de cenar, Púrpura tomó su aguja de Gran Zurcidor, la ensartó con hilo de la Araña Penélope y empezó a coser el cuaderno roto.

Lo hizo siguiendo al pie de la letra las instrucciones que había dado a Camila: confiado en que era posible hacerlo, concentrado en su tarea, con amor y calma. Todos lo miraban trabajar en un respetuoso silencio. Estaban presenciando el trabajo de un artista. Terminó con un remate magnífico y recibió un gran aplauso de todos los presentes.

El cuaderno de Silvina quedó perfecto, más que perfecto, quedó precioso. No había ni rastro de las actividades del pequeño Sonio y, de pilón, Verde había corregido una fórmula que estaba incompleta. En la última página, había dibujado cinco duendes de colores, que eran como la firma de ese trabajo, tan minuciosamente hecho que no se notaba.

Esa noche, Camila se acostó tarde pues aunque los duendes le ayudaron muchísimo, los trabajos humanos requieren del "toque humano", así que Camila tuvo que repasar lo que los duendes

habían borrado, planchado, pegado, cosido y escrito. Además, ahora sí, gracias al abuelo, le pareció facilísimo sacar la superficie del icosaedro.

Cuando terminó de corregir los apuntes, el cuaderno de su amiga quedó tan presentable que ni la misma Silvina se hubiera podido quejar, se dio cuenta de que los duendes se habían quedado dormidos sobre su escritorio. Verde estaba acostado en la goma de borrar, Amarillo y Azul en la caja de los colores, Rojo, todo incómodo, en el sacapuntas, mientras Púrpura cabeceaba sentado en la caja de clips. Con cuidado de no despertarlos, los llevó a sus camitas y los cubrió con sus colchas y con mucho agradecimiento, especialmente, ¡no faltaba más!, a Púrpura. Después, puso el despertador a tiempo para mañana y se fue a acostar.

Cuando ya se iba resbalando al sueño entró de puntitas su mamá. Ahora le tocó a Camila que le dieran el beso de buenas noches y la dejaran bien tapada con sus cobijas. Antes de salir del cuarto, la mamá de Camila, tal y como había prometido, recogió una buena parte del tiradero del pequeño Sonio, aunque de sus peores estragos no se enteraría nunca.

Esa noche Camila soñó con Ayer, Hoy y Mañana todos mezclados, así que cuando se levantó a la mañana siguiente lo primero que pensó fue: "Hoy es un día hermosísimo". Puso muchísimo cuidado en levantarse con el pie derecho y tuvo un día magnífico. ❖

Índice

El zurcidor del tiempo, de Alicia Molina,
núm. 72 de la colección A la Orilla del Viento,
se terminó de imprimir y encuadernar en marzo de 2012
en Impresora y Encuadernadora Progreso, S. A. de C. V. (IEPSA),
calzada San Lorenzo 244, 09830, México, D. F.

El tiraje fue de 6 200 ejemplares.

El comprador de vidas
de José Antonio del Cañizo
ilustraciones de Rapi Diego

—Escuche: usted tiene un montón de pasta y nosotros no tenemos un duro. Pero nosotros nos ganamos la vida vendiendo risas, alegría, diversión, ilusiones, y usted no tiene nada de eso. ¡Un montón de cosas que jamás ha podido comprar!

—¡Yo lo he comprado todo en la vida! ¡Y puedo comprarlo todo!

Minutos después firmaban en lo alto de la torre el contrato de compra-venta más insólito. La compra más sorprendente que nadie haya hecho nunca.

Acababa de comprar su vida.

José Antonio del Cañizo vive en Málaga, España. Es doctor ingeniero agrónomo y autor de más de una decena de libros para niños. Ha ganado en España el Premio Lazarillo y el Premio Nacional de Literatura Infantil y Juvenil, ambos otorgados por el Ministerio de Cultura; el segundo y tercer premios en el Concurso Gran Angular, y ha figurado en seis ocasiones en "The White Ravens".

La batalla de la Luna Rosada
de Luis Darío Bernal Pinilla
ilustraciones de Emilio Watanabe

Veloz como una saeta, una canoa pequeña atraviesa las tranquilas aguas del Lago Apacible. Adentro un niño grita:

—Pronto, escondan a Amarú bajo los juncos. Que no lo encuentren los sucios.

Todos sus amigos corren, pues tienen miedo a los Sacerdotes Hechiceros a quienes apodan los sucios, por el terror que les produce lo que han escuchado sobre sus ceremonias de sangre y sus ritos de sacrificio.

Pero esta vez no será igual. Ellos no habrán de permitirlo. Esta vez dará comienzo la batalla de la Luna Rosada.

Luis Darío Bernal Pinilla nació y vive en Colombia. Ha recibido numerosos premios en su país. La batalla de la luna rosada recibió mención honorífica por el jurado de la Casa de las Américas. En la colección Travesías también ha publicado Anacaona y las tormentas.